Contando de dos en dos

Escrito por **Suzanne Hardin**

Adaptado por **Patricia Almada**

GoodYearBooks

Dos marineros con remo y timón,
dos marineros con remo y timón,

se cansaron de jugar

y se van a navegar.

Dos y dos son cuatro,
dos y dos son cuatro,
cuatro toman sol
pero se quieren refrescar

y se van a nadar.

Cuatro y dos son seis,
cuatro y dos son seis,
seis comen sus semillas
pero ven un perrito

y se les quita el apetito.

Seis y dos son ocho,
seis y dos son ocho.
Ocho comen bizcochos
pero llega un gato...

y se van por un rato.

Ocho y dos son diez,
ocho y dos son diez.
Diez juegan todo el día
pero llega la noche

y se duerme la cría.

Diez y dos son doce,
diez y dos son doce.
Doce sentados en el nido
pero llega la pata

y se van de caminata.

¡Dos y dos son cuatro,
cuatro y dos son seis,
seis y dos son ocho,
ocho y dos son diez!

¡Diez y dos son doce,
contemos otra vez!